AF356974

COLLECTION

DE

TABLEAUX

ANCIENS

DES ÉCOLES

HOLLANDAISE, FLAMANDE, ANGLAISE ET FRANÇAISE

VENTE

HOTEL DROUOT, SALLE Nº 3

Le Samedi 29 Mai 1875

Mᵉ CHARLES OUDART | M. ÉMILE BARRE

COMMISSAIRE-PRISEUR | EXPERT

CONDITIONS DE LA VENTE

Elle sera faite au comptant.

Les acquéreurs payeront *cinq centimes par franc* en sus des enchères, applicables aux frais.

L'Exposition mettant les Adjudicataires à même de se rendre compte de l'état et de la nature des objets, il ne sera admis aucune réclamation une fois l'adjudication prononcée.

CATALOGUE

D'UNE COLLECTION

DE

TABLEAUX

ANCIENS

DES ÉCOLES

FLAMANDE, HOLLANDAISE, ANGLAISE ET FRANÇAISE

DONT LA VENTE AURA LIEU

HOTEL DROUOT, GRANDE SALLE N° 3

Le Samedi 29 Mai 1875

A DEUX HEURES ET DEMIE

COMMISSAIRE-PRISEUR	EXPERT
M° CHARLES OUDART	M. ÉMILE BARRE
31, rue Le Peletier	20, Chaussée-d'Antin

EXPOSITIONS

PARTICULIÈRE	PUBLIQUE
Le Jeudi 27 Mai 1875	Le Vendredi 28 Mai 1875

DE 1 HEURE 1/2 A 5 HEURES 1/2

DÉSIGNATION

BOUCHER (F.)

1. — Portrait de jeune Femme en bergère, tenant une houlette à la main.

BOUCHER (F.)

2. — Diane et Calisto.

BOILLY

3. — La Promenade du matin.

BOILLY

4. — Vue de l'ancienne galerie des tableaux du Louvre.

BERESTRAATTEN

5. — Vaisseaux de guerre et Barques de pêche cinglant vers le port.

BREEMBERG (Bartholomée)

6. — Paysage avec ruines et figures; effet de soleil couchant.

BÉGA (Corneille) (*Signé*)

7. — Intérieur de cabaret.

BOUCHER (*École de*)

8. — Mercure et Vénus.

CLAUDE LORRAIN (*Ecole de*)

9. — Paysage.

CLAUDE LORRAIN (*École de*)

10. — Paysage.

COYPEL

11. — Sujet bachique.

COYPEL (*École de*)

12. — La reine Tomyrès faisant plonger la tête de Cyrus dans
un vase plein de sang.

CRESWICK

13. — Les Bords de la Tamise.

CONSTABLE (J.)

14. — Paysage des environs de Londres, avec figures.

CROME (Old.)

15. — Paysage avec château en ruine et figures.

COYPEL

16. — L'Enfance de Bacchus.
Composition capitale.

LORRAIN (CLAUDE)

17. — Riches Palais avec colonnades au bord de la mer.

Composition originale ornée de figures, par Courtois.

LE DOMINIQUIN

18. — La Communion.

Peinture d'un très-beau coloris, sur pierre orientale.

DREUX-DORCY

19. — Petit Portrait de jeune femme.

DROUAIS

20. — Portrait de Mme de Pompadour.

DANBY

21. — Vue d'un lac en Écosse. Effet de soleil couchant.

DUSSART (CORNEILLE) (*Signé*)

22. — Paysage avec figures.

KEED (W.) (*Signé*)

23. — La première Leçon de navigation.

LAJOUE

24. — Entrée de Palais avec cascades et figures.

LAJOUE

25. — Port de mer d'Italie.

Pendant du précédent.

LAJOUE

26. — Enfant lisant.

LE VALENTIN

27. — Jeune Homme jouant de la mandoline.

LIOTARD

28. — La belle Chocolatière.

Ce tableau a été gravé sous cette dénomination.

LÉPICIÉ

29. — Jeune Garçon allumant une pièce d'artifice.

LÉPICIÉ

30. — Le Cerf-volant.

Pendant du précédent.

MOLENAER

31. — Intérieur de cabaret hollandais.

MOREAU LE JEUNE

32. — Château en ruine avec cours d'eau et figures.

MIGNARD

33. — Portrait de jeune Femme en riche costume, tenant des fleurs à la main.

NASMYTH

34. — Paysage avec figures. Effet de lune.

PORBUS LE VIEUX

35. — Portrait de Seigneur en costume noir et collerette blanche.

ROBERT (HUBERT)

36. — Vue de l'ancienne place *del Popolo* à Rome.

ROTTENHAMER

37. — Bethsabée au bain.

J. RUYSDAEL (*Signé*)

38. — Chaumières au bord d'un cours d'eau dans lequel des vaches viennent se désaltérér. Effet de lune.

RAOUX

39. — Lucrèce.

RICKAERT (DAVID)

40. — Le Joueur de cornemuse.

SCHENEAU

41. — La Surprise.

SALVATOR ROSA

42. — Site italien avec figures.

SNAYERS (Pierre) (*Signé*)

43. — Pillage d'un village pendant la guerre des Flandres.

SNAYERS (Pierre) (*Signé*)

44. — Attaque d'un convoi aux environs de Bruxelles.

STEEN (Jean)

45. — Le Roi boit.

Composition importante gravée.

STROZZI

46. — Saint Thomas.

SUBLEYRAS

47. — Frère, il faut mourir!...

TURNER

48. — Plage à marée basse.

TÉNIERS (père)

49. — La Fenaison.

TRINQUESSE (*Signé*)

50. — La Surprise. Portrait de jeune femme à mi-corps, les seins nus.

VALIN

51. — Danse de bacchantes.

VAN BLOEMEN (Peter) (*Signé*)

52. — Campement de chevaux.

VAN DER NEER

53. — Vue de Harlem. Effet de clair de lune.

VAN EVERDINGEN (*Signé*)

54. — Paysage avec cascade.

VAN FALENS

55. — Halte de chasse.

VAN ORLEY

56. — Sainte Famille.

VAN GORP (*Signé*)

57. — L'amour guidant l'étude.

VAN SPAENDONCK (G.) (*Signé*)

(Datée 1766)

58. — Bouquet de fleurs dans un vase en porcelaine de
Sèvres posé sur une console.

VERNET (Joseph)

59. — Vue des Cascatelle de Tivoli.

VANLOO (Carle)

60. — Portrait en buste de jeune garçon tenant des fleurs à
la main.

VANLOO (Michel)

61. — Portrait de jeune femme en costume Louis XVI avec
des roses dans les cheveux.

WOOD (J.)

62. — La Saint-Valentin en Angleterre.

Des petites filles regardent par la porte la figure que fait
un vieil artisan à la lecture d'une lettre d'attrape qu'elles lui
ont fait parvenir.

WATTEAU

63. — Conversation galante dans un parc.

WATTEAU

64. — Pendant du précédent.

> Ces deux petites études sont encadrées dans des bordures en bois très-finement sculptées.

VÉRONÈSE (ALEXANDRE)

65. — La sainte Famille.

VER MEULEN

66. — Patineurs.

ÉCOLE FLAMANDE

67. — L'Alchimiste.

ÉCOLE FRANÇAISE

68. — Portrait de femme.

ÉCOLE FRANÇAISE

69. — Réunion de personnages, époque Louis XIV.

70. — Tableaux omis au Catalogue.

PARIS. — J. CLAYE, IMPRIMEUR, 7, RUE SAINT BENOIT. — [1101]